글벗시선 115 송연화 아홉 번째 시집

# 사랑의 정원

송연화 지음

# 사랑의 정원

송연화 아홉 번째 시집

# 머리글

## 사랑의 정원에서

아홉 번째 시집 『사랑의 정원』을 출간한다. 내 마음 속에 자리 잡은 '사랑의 정원'은 바로 내가 사는 일터이며 내가 글을 쓰는 글벗문학회이다. 가족과 함께 하는 일하는 행복, 그리고 여러 글벗들과 함께 글 쓰는 즐거움, 언제까지라도 항상 행복으로 함께 하고 싶다.

글을 배우는 기쁨은 곧 삶을 배우는 행복이다. 시 쓰는 즐거움을 함께 하면서 사랑의 정원을 가꾸는 일은 참으로 나의 큰 행복이다. 글을 나누는 행복을 가르쳐 주신 최봉희 선생님과 글벗 문우 여러분께 감사의 마음을 전한다.

이제 꽃이 피는 행복을 사랑의 정원에서 만나시길 바란다. 부디 건강하고 행복하소서.

앞으로 살아갈 날 / 얼굴 붉히는 일 없기를
조금씩 양보하고 /조금 더 사랑하는 맘으로

사랑의 정원에 / 예쁜 꽃이 피기를
부부라는 이름의 열매로
남은 인생 아름다운 삶으로
- 졸시 「사랑의 정원」 중에서

2020년 10월에 저자 송연화 올림

# 차 례



## 제1부 삶의 향기

## 제2부 그립고 그리워서

## 제3부 김치 담그는 날

## 제4부 보리가 익어갈 때

## 제5부 친구야 내 친구야

# 제1부

# 삶의 향기

## 청보리

키다리 청보리가
밭 가득 피어나서
웃으며 하늘하늘
좋아라 춤을 추네
신선한 땅의 영양소
밑거름이 되어라

푸른 빛 물결치는
추억의 보리피리
사그락사그락 춤
온종일 노래하며
춤추는 댄스의 제왕
까불까불 신나요

# 나의 보금자리

옛 고택 매입하여
고치고 수리하여
귀농한 보금자리
지금은 정이 들어
제 삶의 공간 되어서
즐기면서 가꾸죠

황톳집 쉼 속에서
텃밭에 농사짓고
먹거리 정 나눔에
마음은 날개 달고
행복 꽃향기 피우며
어화둥둥 내 사랑

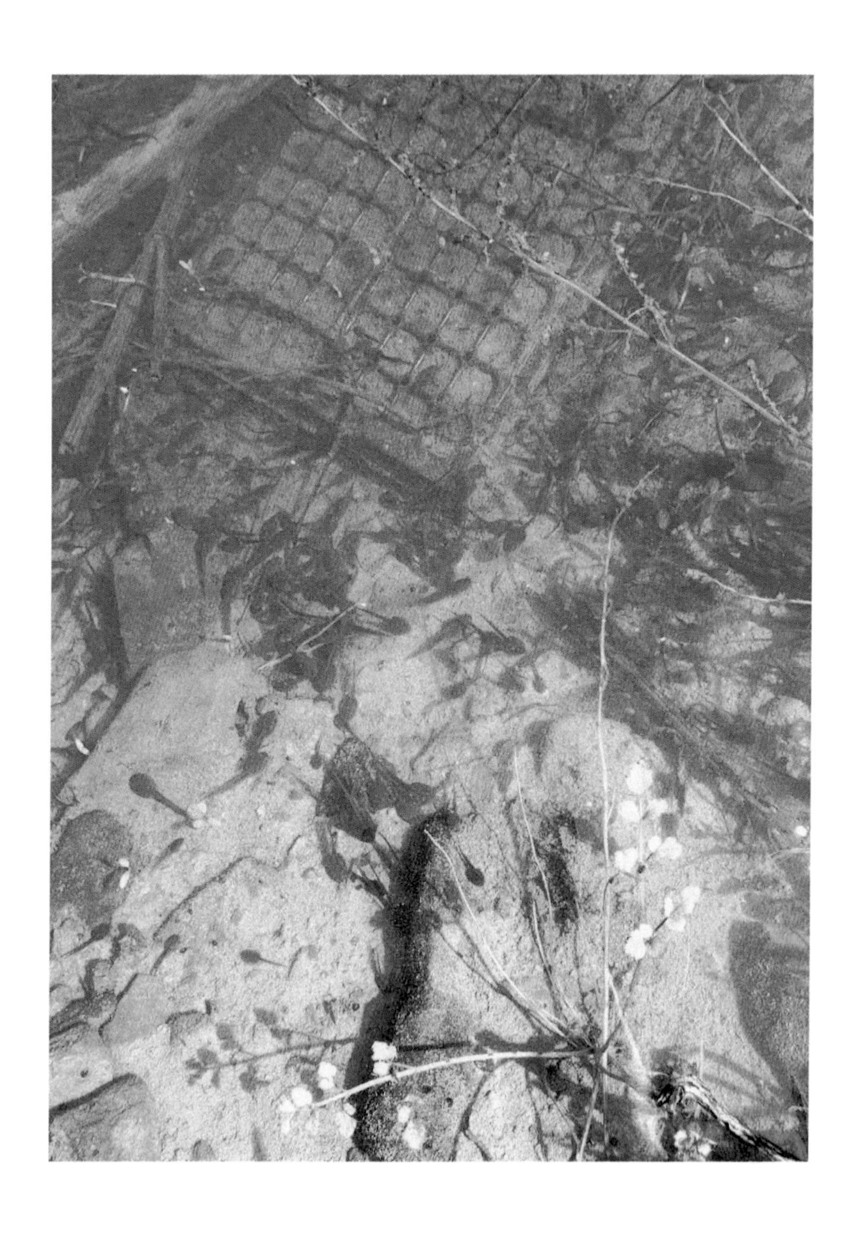

## 올챙이

웅덩이 작은 연못
올챙이 와글와글
개구리 어디가고
형제들 덩그러니
모여서 집을 지키나
작은 꼬리 살랑살랑

청옥산 비탈진 곳
시동생 터전으로
엄마랑 나들이와
옥수수 심어주고
삼겹살 막걸리 한잔
신선놀음 즐겨요

## 하얀 복숭아 꽃

첨으로 접해보는
하얀색 복사꽃은
신기해 요리조리
살펴서 보았지만
도무지 알 수가 없네
돌연변이 유전자

엄마도 난생처음
구경한 것이라서
열매는 달리는지
쭉 지켜 보라시네
복숭아 하얀색일까
벌써부터 설레네

## 미워하지 않으리

내게서 멀어져 간
사월은 떠나갔다
아쉬움 남겨둔 체
수많은 사연 담고
살포시 떠나갔다네
미워하지 않으리

꽃놀이 모임들도
코로나 거리제한
잔인한 바이러스
손발들 꽁꽁 묶여
그리움 보고픔 가득
맘으로만 품었지

사월아 잘 가거라
이제는 방글방글
미소로 다가오는
새로운 오월그대
행복을 품고 꿈꾸며
일편단심 살란다

## 일출(1)

커다란 둥근 해가
저 멀리 산위로 쑥
오월의 첫날 일출
붉은빛 토해내듯
산마루
높이 두둥실
새롭구나 오월이

이제는 기쁨으로
둥근 해 맞이하자
좋은 일 가득가득
우르르 몰려올까
해님을
안아 봐야지
심쿵심쿵 설레네

## 오가피 순

연둣빛 오가피순
장아찌 담그려고
서둘러 새순 따는
손맛은 기분최고
하나 둘 바구니 가득
아리아리 예쁜이

제철의 나물들로
밑반찬 준비하고
그리워 보고 싶어
나눔으로 감사선물
사랑의 행복 꽃피면
마음 먼저 웃어요

## 산딸기 꽃

산기슭 양지바른
언덕 위 산딸기 꽃
비바람 이겨내고
꽃망울 흐드러지게
가득 피워 반기네

산딸기 익어 가면
새들의 먹이 되고
길손들 산행 하며
추억의 새콤달콤
그 맛을 잊지 못하여
그리워서 찾으리

# 애기똥풀

진노랑 애기똥풀
들녘에 가득피어
바람에 하늘하늘
나비가 날고 있는
그 모습
아름다워라
아장아장 아가여

시골에 일하다가
다쳐서 상처 나면
꺾어서 진액 쓱싹
바르고 문지르면
그 자리
덧나지 않고
사라지고 말지요

## 불타는 사랑

한사람 또 한사람
하늘이 맺어주신
부부연 청사초롱
불 밝혀 가정 이뤄
아들 딸 낳아 기르며
행복하게 즐겁게

애국자 따로 있나
자식들 많이 낳아
다산의 왕이 되면
그것이 애국이죠
시골엔 천사들 울음
끊어진지 오래요

학생들 수 줄어서
학교가 폐교되고
빈집들 늘어나서
시골엔 노인들 뿐
오세요 불타는 사랑
시골집이 딱이죠

## 더덕

누구나 고향의 맛
그리워 느끼면서
그 향기 잊지 못해
봄이면 찾게 되죠
고추장 더덕구이는
죽은 입맛 살려요

산행의 즐거운 맛
도시락 나눔 시간
이 친구 저 친구들
모두들 더덕무침
좋아라 입맛 다시고
신이나요 솜씨자랑

## 달팽이 화가

어머나 신기해요
하우스 비닐 위에
달팽이 화가 되어
그림을 그렸어요
유기농 친환경 농사
곤충들의 놀이터

상추는 도화지라
신나게 색칠해요
푸른색 도화지에
즐겁게 그린 그림
자연은 함께 나누는
인생 공부 즐겨요

## 등나무 꽃

보라색 등나무 꽃
향기가 남실남실
꿀 냄새 진동하여
벌 나비 찾아들고
매달린 꽃송이들은
한들한들 춤을 추네

사랑이 머물다간
그 자리 꽃송이들
알알이 주렁주렁
다복한 자식농사
저마다 알토란으로
돌아오라 꿈으로

# 별 마중

근간에 보기 드문
노래방 시끌벅적
방마다 손님들로
가득 차 미소가득
즐거운 나의 놀이터
피어나는 웃음꽃

집으로 향하는 길
별 마중 받으면서
황홀함 득이다
밤하늘 화려하게
수놓은 별들의 행진
오늘따라 설렌다

## 새벽길

어슴푸레 새벽길
서둘러 달리는 길
일손이 모자라서
애태운 친정집 행
엾지기 정성을 다해
앞장서는 따뜻함

선잠 깨고 떠나는 길
기분은 상쾌하다
녹색길 달리는 맘
마음은 최고라네

## 배추씨앗 파종

친정집 배추씨앗 상토 흙 곱게 넣어
정성을 다한 파종 한 알 두 알 심었지요
한 아름 가득 자라렴 맘속으로 응원하네

오빠댁 가정 경제 고랭지 배추농사
잘 되어 함박웃음 지으면 좋으련만
괜스레 걱정스러워 토닥토닥 달래네

언덕 밭 노랑배추 알토란 풍년들어
울 오빠 빚 갚으면 얼마나 좋을까요
덩더쿵 춤을 추는 날 설렘으로 꿈꿔요

# 제2부

# 그립고 그리워서

## 나의 보물

나의 자연 보물
산에서 두릅 채취
소중한 그분들께
택배를 보냅니다
남들은 금은보석을
나는 나물 보물을

정성과 사랑담아
구슬땀 흘리면서
한걸음 두 걸음씩
마음이 닿는 데로
굽이진 계곡 길 따라
살포시 즐겨요

기름진 반찬보다
푸성귀 나물 사랑
흉보면 어찌하나
망설여 고민하다
내 맘을 가득 담아서
춤추듯이 보내요

## 그립고 그리워서

난 네가 보고 싶다
그립다 아주 많이
간절함 끌어안고
오늘도 꾸역꾸역
속으로 애를 태우다
약속을 잡아본다

그립고 그리워서
가만히 불러본다
친구의 이름 석자
간신히 시간 내어
주말에 달려가련다
기다려 널 찾을게

慶 어버이날 祝
건강하시고
자녀들로 부터
축복받는
귀하고 좋은 멋진날
되시길 기원합니다.

## 부모님 사랑

무한정 자식사랑
부모님 자식사랑
온 종일 한결같이
걱정과 근심으로
자식들 성공하라고
밤낮으로 기도하죠

어머니 가슴에다
꽃 대신 꽃 브로치
왼쪽에 꽂아 주니
미소로 대답해요
예쁘다 참 좋은 선물
사랑한다. 내 딸아

이래서 딸이 좋다
내 손을 잡아주네
정말로 딸이 좋아
모녀는 함박웃음
어머니 사랑합니다
건강하게 사세요

# 반가운 단비

아침에 눈을 뜨니
살포시 내리는 비
기다림 또 기다림
애타게 하더니만
이렇게 단비 내리니
농작물도 좋아라

엊그제 심은 작물
튼튼히 뿌리내려
건강한 발육으로
싱싱한 먹거리로
푸른 빛 들녘 가득히
주인 되어 오겠지

# 끈드레 나물

연하게 쑥쑥 자란
곤드레 똑똑 꺾어
깨끗이 손질 하여
파랗게 삶아 데쳐
냉동고 채워두는 맘
최고여라 얼씨구

봄나물 요리할게
왜 이리 많은 거야
무침에 나물밥에
갖가지 생선조림
장아찌 김치 담그는
풋풋한 맘 내 사랑

# 이팝나무

가로수 심어놓은
하얀 꽃 송알송알
향기를 맡아볼까
나려나 쌀밥냄새
꽃말도 쌀밥 나무라
어머니의 속 타네

자식들 배부른 삶
바라는 부모 심정
얼마나 애가 타면
하얀 꽃 이팝나무
쌀나무 전설되었나
사랑해요 그 맘을

## 봉사의 하루

아침부터 서둘러 재촉
즐거운 길을 나선다
시동생 옥수수 심고
자투리 시간 활용하다
해쑥도 바구니 가득
친구가 준 나물 얻다

명의나물, 취나물 선물
좋아서 형수라네
뇌운 계곡 멋진 경관
굽이굽이 강물 따라
내 사랑 꽁냥꽁냥한
하룻길이 즐겁다

## 금낭화

내 사랑 오시는 길
불 밝혀 걸어두고
한없는 마음으로
오로지 기다려요
사뿐히 오시는 그길
조롱조롱 걸었죠

연등불 밝힌 것도
오직 그대 위하여
봐 줘요 금낭화 꽃
기다려 피워냈죠
이 세상 오직 한사람
일편단심 당신 뿐

## 모란꽃

향기가 진동하여
뜰앞에 나섰더니
커다란 붉은 꽃이
골목에 가득 하네
어허라 마당 뜰에는
부귀영화 모란꽃

모두들 구경 나와
자박자박 걷는 걸음
눈 사랑 즐기면서
향기에 흠뻑 젖네
모두 다 화사한 얼굴
싱그러운 꽃 웃음

꽃말은 부귀영화
왕자의 품격이라
꽃 중에 고귀한 꽃
사진첩 담아보네
괜스레 싱글벙글이
샤방샤방 웃지요

## 정원 뜰 예쁜 집

자투리 시간 내어
정원 뜰 예쁜 집을
못 잊어 다시 왔네
새소리 바람소리
둘레길 꽃향기 쫓아
맘껏 즐긴 이 하루

신선한 숲길 따라
요정들 꽃을 피운
오솔길 걷노라면
입가엔 맑은 미소
가슴엔 울렁 울렁증
햇살처럼 번져요

# 텃밭에서

감자도 옥수수도
단비랑 노닐더니
갑자기 키가 쑥쑥
텃밭엔 푸릇푸릇
올여름 긴 가뭄으로
애태우진 않겠지

하늘의 도우심이
농부의 지극정성
모두가 하나 되어
사랑과 정성으로
가꾸고 거름 줘야만
방실방실 웃지요

## 바다 이야기

맘으로 품었던 널
드디어 마주한다
발 동동 간질간질
애타게 기다렸던
바다를 안아 보면서
행복하다 정말로

검푸른 물빛 색깔
멍들어 걱정 되네
아프면 안 되지요
나 다시 찾아오면
그때는 바다 이야기
행복했다 말해주오

## 라벤더 사랑

유월의 축제장을
한 바퀴 둘러보며
놀라워 탄성가득
눈으로 맘속으로
그날의 라벤더 사랑
미리 품고 갑니다

둘레길 빼곡하게
심어 논 라벤더 꽃
꽃망울 가득 맺혀
축제를 기다려요
라벤더 물결치는 곳
그때다시 만나요

전시장 가득 걸린
액자 안 시사랑들
웃으며 반겨주네
주인들 이름 달고
시화전 명품 꽃 되어
방글방글 폈어요

## 그대랑 나랑

두 사람 여행길에
사랑꽃 피고지고
사는 게 별거 있나
존중과 믿음으로
멋지게 즐기고 살면
그대와 나 최고의 삶

이런들 어떠리요
저런들 어떠리요
비바람 흔들리는
풍류객 되지 말고
한평생 사랑하면서
진실하게 살아요

## 마음을 담아

쑥 캐서 다듬어서
삶아서 쌀가루랑
반죽해 쑥떡 빚어
노래방 손님들께
맛보기 마음을 담아
드렸더니 좋아라

작은 것 하나에도
나눔은 즐거운 일
이래서 행복하다
나만의 삶의 법칙
쿵덕쿵 인생 고개를
기왕이면 즐기자

## 텃밭의 농작물들

키다리 옥수수도
영양소 비료주고
갖가지 채소에도
줄 매서 단단하게
묶어서 태풍이 와도
걱정 없네 꼼짝마

비 햇살 곱게 내려
텃밭의 작물들은
쑥쑥 쑥 키도 크고
꽃피고 열매 맺을
예쁜이 사랑 찾는다
풍년으로 와주렴

# 아카시아 꽃

새하얀 꽃송이들
화사한 모습으로
방글방글 피어나서
향기로 유혹하네
꿀벌은 아카시아 꽃
여기저기 꿈 따네

바람에 한들한들
꽃송이 춤을 추고
빛바랜 추억 소환
기분이 상큼하다
줄기는 앞머리 말아
꼬불꼬불 멋내기

제3부

# 김치 담그는 날

## 새 지킴이

독수리 두 형제가
콩밭을 지켜준다
심어둔 서리태 콩
예쁘게 올라와서
얼씨구 좋아라 했지
이게 모야 황당해

뾰족이 올라온 콩
새 먹이 다 되어서
텅 빈 밭 야속하네
또 다시 심어본다
독수리 믿어보련다
서리태 콩 지킴이

2020
제12호
아름다운 글로
행복한 세상을
가꾸는
글벗
글벗 발간 서적 안내
제11회 글벗문학상 신인상 당선자 발표
권두언 | 최봉희
(특집 1) 종자와시인박물관을 찾아서
초대시조 | 박 필 상 최봉희
신작시조 | 김현숙 박 종 태 배애희
오 민 아 정택명
신작시 | 김성수 도 주 봉 박정현
박선옥 박 희 봉 수 연
손현도 송 연 화 우인순
윤미옥 신 복 록 이명순
이윤정 이 종 근 임경자
정상만 조세핀김 최태순
제11회 글벗문학상 신인상 수상작품
시부문 | 허정미 〈 그 리 움 〉 외 2편
양영순 〈 소녀의 꿈 〉 외 2편
신작수필 | 이명순 장지연 차용국 이광범
소 설 | 최영심
평 론 | 최봉희
(특집 2) 2020년 글벗백일장 수상 작품
글벗소식
제10회 글벗문학상과 제12회 글벗신인상 공모
글벗문학회 회원모집
종자와 시인
박물관
값 12,000원
ISSN 1976-6750
도서출판 글벗

# 하루

새벽이 다가올수록
눈꺼풀 내려앉네
주옥같은 글나눔
글벗의 시인님들
글 쓰는 나만의 시간
이 시간의 여유를

맘껏 누린 하루 시간
또 다시 열어가듯
하루를 온전히
나만의 공간에서
즐겁고 행복하여라
글벗으로 영원히

# 열매

바람에 지는 꽃을
애잔한 마음으로
바쁘게 몰아치다
바라보는 아쉬움
소망을 가슴에 담은
정성 다한 사랑법

동그란 사탕 같은
과일들 주렁주렁
기쁨을 안겨주는
신비스런 자연 사랑
바람은 아픔이 아닌
사랑으로 얻는 힘

## 별 마중

근간에 보기 드문
노래방 시끌벅적
방마다 손님들로
가득 차 미소가득
즐거운 나의 놀이터
피어나는 웃음꽃

집으로 향하는 길
별 마중 받으면서
황홀함 가득이다
밤하늘 화려하게
수놓은 별들의 행진
오늘따라 설렌다

## 사랑의 정원

내 삶의 고운 뜰에 따스한 햇살 내려
반짝이는 하룻길 설레는 마음으로
분주한 사랑의 마음 알뜰살뜰 챙기다

평생을 한 맘으로 연 맺어 살아가니
앞으로 살아갈 날 조금씩 양보하라
더욱 더 사랑하는 맘 나눔으로 꽃피라

부부의 이름으로 예쁜 꽃 피어나듯
인생은 한 몸으로 아름답게 가꾸는 일
우리의 사랑의 정원 웃음꽃을 피워요

50L

## 소소한 일상

마당에 멍석 깔고
서리태 씨앗파종
새 먹이 될까봐서
모종을 포토재배
새들아 먹지마 제발
애가 탄다 정말로

이제는 곱게 키워
밭에다 정식하고
가꾸고 순쳐주면
콩 농사 풍년오지
비 오고 바람 불어도
근심걱정 없어라

소소한 나의 일상
날마다 바쁘지만
가을날 들녘에서
땀 흘려 일한보람
풍년가 들려온다네
나눔으로 행복해

## 네잎클로버

행운을 대표하는
토끼풀 클로버 꽃
꽃반지 만들어서
친구랑 나눠 끼고
온 종일 소꿉놀이에
하루해가 모자랐지

오늘도 그 시절이
아련히 떠올라서
추억 속 달려보니
즐겁고 행복해라
그 친구 지금 어디에
행복하게 잘 살까?

그리운 내 친구야
보고픔 가득이네
언제쯤 볼 수 있나
소식도 알 수 없네
바람결이라도 좋아
만날 수만 있다면

## 찔레꽃

찔레꽃 은은한 향
코끝을 자극하고
활짝 핀 꽃잎에는
꿀벌들 놀이터네
옛 시절 찔레 순 꺾어
맛있게도 냠냠했지

찔레 순 껍질 벗겨
나누어 먹으면서
황톳길 신작로를
달리리 시합하던
그 시절 곱던 추억들
아스라이 멀어 지네

# 뿔난 대파

빠지면 안 될 양념
대파가 이상해요
끝자락 뿌리 생겨
뾰족이 자라지요
층층이 뿔난 대파가
신기방기 웃겨요

그 집 앞 텃밭에는
눈요기 넘쳐나요
호기심 발동해서
자세히 살펴보며
새로운 농작물 반해
즐거워서 신바람

## 양귀비꽃(1)

미인을 칭하는 말
양귀비 닮았다죠
정열을 가득 품고
빨갛게 피어나서
뭇 사내
가슴 태우는
천하일색 미인 꽃

시골집 골목에서
예쁘게 치장하고
지극히 아름다운
화사한 모습으로
오늘도
양귀비 미인
함박웃음 짓지요

# 김치 담그는 날

텃밭에 심어놓은
열무와 알타리들
다듬어 깨끗하게
소금에 절임하네
맛있게
김치 담가면
어느 임께 가려나

정성을 기뻐하듯
나눔은 행복해요
고맙게 잘 먹어요
말씀을 전해오면
뿌듯함
풍선 되어서
하늘 높이 날지요

## 작약꽃

마당 뜰 가득하게
소담스레 피어난 꽃
빨강 하얀 작약 꽃
발길 부른 향긋한 맘
따스한 사랑의 손으로
어루만져 보는 봄

## 호박꽃

여린 꽃 앙증맞게
노랗게 피더니만
드디어 조롱조롱
호박이 달렸구나
단호박 뚝방 가득히
풍년 몰고 오겠네

꿀벌들 왔다 갔다
사랑 찾아 삼만리
호박 꽃 좋아 좋아
자연을 즐기면서
농사는 천하지 대본
땀 결정체 보물들

## 양귀비꽃(2)

하늘에 몽실 몽실
하얀 꽃구름
땅에는 빨강 꽃

들판 가득 나비 날듯
나폴나폴 춤을 추며
고운 자태로 유혹

어쩌면 좋을까요
화려함 떠나면 슬퍼
임의 발길 기다리고 있는데

어서 오세요
빨강꽃 임의 사랑
오시는 길 가득이라오

## 뻐꾸기

애달피 울어 댄다
어느 곳 남의둥지
지 새끼 남겨두고
저토록 애처롭게
긴 울음
구슬피 우나
뻐꾹뻐꾹 애타네

어쩌다 제집하나
못 짓고 남의둥지
탐했나 몹쓸 에미
뻐꾸기 우는소리
예전에
미처 몰랐네
다큐 보고 알았지

## 매실 열매

동그란 매실열매
나무에 대롱대롱
매달려 있는 모습
곱구나 사랑이야
새콤이 익어질 때를
눈 여겨서 본다네

제대로 익어주면
알알이 수확해서
매실청 담근다오
발효액 오 년 지나
제대로 숙성되면
만병통치약이라오

## 담쟁이 넝쿨

기둥을 타고 쭉쭉
손바닥 가득 펼쳐
푸름을 자랑하며
하늘로 높이 높이
무성한 담쟁이 넝쿨
우람하게 빛나네

입구에 멋진 모습
손님들 반겨주며
바람에 한들한들
빛나는 잎 파리들
방글이 웃음 지으며
싱그러움 펼치네

# 제4부

# 보리가 익어갈 때

## 파란 하늘

이 멋진 파란 하늘
혼자서 바라보기
아까워 남겨둔다
이 고운 하늘풍경
글로도
표현이 부족
오늘따라 멋지다

이 동네 저 동네를
마음껏 담아보며
오후의 즐거움이
가득히 넘쳐나서
이 하루
감사함으로
행복하게 즐겨본다

# 텃밭 꼬물이들

하루가 다른 모습
예쁘게 다가오는
텃밭의 꼬물이들
남편의 사랑으로
꽃 피고 열매 맺는 게
신통방통 어여쁘다

오이도 길게 달려
새로운 기쁨으로
첫 수확 손맛 최고
맛 또한 일품이라
그 기분 오롯이 느껴
즐거워요 신나요

그물망 띄워주고
남편의 하는 말들
옆에서 웃으면서
그네타고 오르렴
한마디 툭 던지는 말
아름아름 달려라

3. 사업규모
4. 사업비
5. 준공일
횡성군

## 귀한 선물

시인님 보내주신
공진당 귀한 선물
서방님 싱글벙글
좋아라 하시네요
지친 몸 귀한 약 먹고
솟아나라 힘 불끈

고마움 무엇으로
갚을지 막막해요
글벗의 고운 인연
끝까지 달릴게요
끈끈한 동기간처럼
살갑게들 살게요

# 앞집 농장

그 집 앞 하우스 안
농장엔 꽃모종들
키워서 팔고 있다
입구에 들어서면
향기가 진동을 하고
방글방글 꽃 사랑

이른 봄 곡식 모종
시장에 판매하고
별의별 육묘들이
자라는 하우스 속
돈 버는 기술 기차네
하루 종일 북새통

# 더덕

향기의 더덕 싹이
하루가 다른 모습
밭 가득 푸른 빛깔
넘쳐나는 힘찬 기운
줄기가
새끼줄처럼
여러 형제 뭉쳤네

얽히고설키어서
두둥실 자라나서
밥상 위 보약으로
건강을 지켜주렴
알알이
씨앗 주머니
행복 가득 품으렴

## 아침의 찬란함

갈매기 산허리에
찬란한 아침 해가
쏘오옥 밝은 얼굴
내밀고 다가온다
일출은 경이로 와서
기쁨으로 안는다

오월의 마지막 날
힘차게 하루시작
신나라 즐거워라
마법에 걸린 듯이
맘으로 외쳐 보면서
마지막 날 보낸다

## 새벽안개

마을도 산자락도
안개 속 휩싸이면
가까운 거리라도
멀게만 느껴지는
신비한 환상의 세계
스멀스멀 보이네

나직이 내려오는
안개가 주는 매력
놀랍고 신기하다
다른 모습 다른 느낌
놀라운 안개 속으로
빠져드는 내 마음

## 새싹들

마른땅 헤집고서
여린 싹 꼬물꼬물
열무가 쏙닥쏙닥
생명력 대단하다
씨앗들 뿌려 놓으면
우리들의 먹거리

건강한 먹거리들
밥상 위 올라오면
몸 건강 마음건강
느낌이 달라져요
채소로 건강 지킴이
가벼운 몸 최고죠

## 궁금증

저게 뭐야 검은 구름
산에서 올라오네
놀라운 광경 보니
마음은 싱숭생숭
대화로 서두른 아침
아침길이 낯설다

저녁에 뉴스 보니
또 다시 깜짝 소식
기업 도시 공장에서
큰불 났네 어쩌지
이웃의 안타까운 소식
주저앉고만 싶어라

## 감자

비닐 속 꼬물꼬물
감자들 웅성웅성
멀칭 위 감자포기
한아름 가득이다
자주 꽃 하얀 꽃 가득
어여쁘게 피었어요

꽃피고 새가 우는
텃밭의 감자밭엔
송알송알 감자 꽃
왕관처럼 빛나요
어머나 너무 좋아요
감자풍년 오겠죠

터널 속 감자형제
옹기종기 모여서
주인들 만남의 날
기다려줄 거지요.
다산의 감자 특상품
수미감자 최고야

# 보리가 익어갈 때

들녘에 황금보리
누렇게 익어간다
기다란 수염들이
부대껴 물결치듯
보리가 익어가는 곳
고향산천 그립다

사라진 보릿고개
노래 속에 남긴 채
춤추는 보리이삭
향수를 달래주네
볼수록 배가 부르네
고향생각 임 생각

## 인생꽃

하루하루 고단한 삶
서로를 만나는 글
글벗은 행복한 꿈
즐거운 나눔의 글
서로가 기쁨의 미소
우아하게 신나게

마음에 긍정 화분
씨앗 심고 물을 주면
따뜻한 사랑 물결
꽃 피워 맺은 열매
따뜻한 사랑의 마음
바구니에 담지요

# 일출(2)

찬란한 아침 해가
떠올라 환상이네
논밭에 세수하고
말갛게 웃는 모습
최고로 아름다워라
하루하루 다른 모습

산마루 올라서서
마을을 비춰주고
논밭의 해님모습
서로가 마주보며
방긋이 미소짓누나
행복하자 오늘도

## 조각구름

하늘의 조각구름
둥둥 떠돌다가
그리움 찾아가는
사랑아 내 사랑아

그리운
그대의 사랑
나 어디로 가는가

## 초록 물결

초여름 눈에 담는
모두가 초록물결
간간히 지나가는
바람도 간질간질
자연과 친구가 되어
사는 삶이 살찐다

들녘에 일렁이는
초록의 생명들이
날마다 자라주고
커가는 곡식들의
다양한 생육 과정들
바라보는 큰 기쁨

## 한낮의 절규

초여름을 어쩌랴
벌써부터 너무 덥다
한낮의 더위 땀이
주르륵 흐른 오후
날개는 견디지 못해
늘어뜨린 무더위

싱싱한 이파리들
한들한들 춤추더니
큰 더위 먹은 모습
가엾게 지쳤어라
올 여름 걱정스럽다
가슴마다 콩닥콩닥

# 제5부

# 친구야
# 내 친구야

## 사랑이들

텃밭의 옥수수가
택배로 완판 되고

큰 대공 꺾어뉘고
황량한 작은이랑

들깨모 반란의 시위
고개 숙여 울었지

비온 뒤 사랑이들
고개 번쩍 씩씩해

새명수 가득 받고
이파리 하늘하늘

푸르름 싱싱한 모습
사랑이들 최고야

# 꿈이 익는 계절

한 뼘밖에 안되던 봄
꽃 피우고 살며시 떠나고
그 자리에 여름내려 앉았지

하루해 길이 엿가락처럼
길게 늘어져 낮잠을 자고
등가죽 따가운 여름

땀범벅이 되는 여름은
꿈이 익는 계절이라서
신비롭고 마냥 좋아라

싱그러움의 싹들자라
고운희망 드리우는 들녘
발레 선수처럼 뒤꿈치 들고

하나 둘 수확기 접어들어
일상은 마냥 바쁘고 수고롭지만
내겐 희망의 꽃이 핀다네

## 파란 하늘(2)

비 온 뒤 하늘빛깔
새 각시 한복같다
흰 적삼 옥색치마
물감을 칠한 듯이
흰구름
두리 두둥실
파란하늘 멋지네

손으로 쿡 누르면
와르르 파란물이
대야에 쏟아질까
한 눈에 쏙 들어온
하늘은
가을 닮아서
아리도록 예쁘네

# 항아리

툇마루 양지마을
항아리 올망졸망

가족들 모여살죠
뜨거운 여름날씨

탈나고 아프면 안돼
구수한 맛 그대로

면사포 긴 드레스
치창해 입혀줬지

제대로 혼기차면
짝 찾아 보내줄께

잘 익은 된장 고추장
정 나눔의 그날을

## 콩 순치며

바람에
키다리 콩
쓸어져서 누웠네

예초기
둘러메고
싹뚝싹둑 자르네

말끔히
이발해준 콩
주렁주렁 올테지

## 외로운 새

어미를 찾는 걸까
아비를 찾는 걸까
서럽게 울고 있는
아기새 애처롭네
길 잃은
아기새 가족
어서 빨리 찾으렴

애가타 어찌하나
숲으로 보내줄까
그러면 찾으려나
처음 본 새 한마리
훨훨훨
날아 가보렴
날개 펴고 날으렴

# 그믐달

저만치 동쪽에서
가녀린 눈썹 하나

초승달 올라왔네
그런데 아니라네

초승달 닮은 그믐달
아이구야 헷갈려

달님이 숨바꼭질
반쪽은 숨겨놓고

앙증달 손톱만큼
크기가 별과 같네

깜깜한 달빛이어라
애처롭네 어이해

## 효도

작은아들 땀 뻘뻘 흘리며
시골집으로 들어섰다

이 엄마 더위에 병날까봐
대형 선풍기를 들고서

뒷뜰 마당에 두고 평상에서
시원하게 보내란다

피식 웃음이 나왔다
속으론 장가나 가라

언제쯤 내 소원 들어줄까
그게 최고의 효도인데

## 꼬다리 옥수수

큰 자루 옥수수는
포장해 보내주고
꼬다리 옥수수 쪄
건조기 채반에다
널어서 햇볕에 쬐어
깨끗하게 말리자

건조된 옥수수 알
따내어 갖은잡곡
토종밤 섞어섞어
맛있는 미숫가루
맛있게 만들어야지
영양만점 식품을

막국수
편육

## 친구야 내 친구야

만나서 반가웠지
얼마나 기다렸나
그리운 친구 얼굴
멀리서 달려와 준
그리운 내 친구들아
마주하니 좋구나

한 친군 큰 바다를
품어서 달려왔고
보따리 바리바리
진짜로 못 살겠네
한 친군 과수원 털이
어이하란 말이냐

오늘은 동네마을
어른들 나눔하고
과일도 싸 드리고
생선도 드시라고
친구들 선물 이라고
거품 물고 자랑질

# 비단 구름

하늘에 예쁜 구름
두둥실 떠 있구나

옥색빛 하늘 따라
황금색 비단 구름

그리운 고운 사연을
가득 싣고 달리네

참 좋은 내 사랑은
신비한 자연 그림

오가는 사람들도
넋 놓고 바라보네

덩달아 노래 부르네
아름다운 그대여

## 도라지꽃

흐드러지게 곱게 핀
들녘의 도라지꽃
보라색 하얀색 어울려 있네

바람에 나부끼는 꽃 대공
춤을 추며 흔들리니
꿀벌들 정신을 못 차리네

엄지 손가락만한 왕벌
붕붕이 작은 양봉 벌
밭 가득 벌들의 꽃 잔치

싸우지도 않고 서로 어울려
꿀 나르는 모습이 마냥
평화스럽게만 보이네

저마다 삶의 법칙에 따라
쉬지 않고 일하는 모습에서
또 새로운 희망을 본다

친구야 사랑해

## 커피를 마시며

문득문득 보고픈
얼굴이 떠오르는 날
모닝커피 한잔으로
그리움을 삭인다

같은 하늘 아래에
같은 나라에 살면서
서로가 바쁘다는 핑계로
우리 만남 참 어렵지

행여나 비오는 날
우연이라도 소식 올까
애써 기다려 보면서
한 모금 또 한 모금

머그잔 커피 바닥이고
그리움은 아득히 멀어지고
평범한 일상 속으로
또 다시 동동인다

## 비구름

어둑한 하늘에선
비구름 모여들고
땅에선 비바람이
심하게 요동치니
회오리
바람 일으켜
어수선할 뿐이네

장맛비 조용하게
살포시 지나가길
빌고 또 빌어본다
심상치 않은 폭우
아무런
사고 없기를
무사안녕 최고야

## 해바라기

해바라기 이파리
우산처럼 넓어서
한잎 두잎 따주니
다리가 미끈하네

노란꽃 피워 줄때만
기다리며 비료주고
눈도장 찍으며
사랑을 듬뿍 주었지

자동차에 치여서 부러지고
뽑히고 잎사귀 뭉개져
얼룩진 상처로 애태웠는데
옮겨 심고 가꾸고

저만치 예쁜 걸음으로
우뚝 서 씩씩함으로
돌아와 반겨주니
이 보다 더 좋을 수 있을까

자연의 치유
강인한 생명력
이젠 건강한 꽃을 피워줄
가을의 그날을 기다린다

## 저수지에 핀 꽃

물 공급 저수지에
가녀린 꽃대 하나
얼굴을 내밀고선
방글이 피어있네
그 이름 연꽃이라네
부처님의 꽃이여

때 묻고 오염된 곳
정화되어 꽃으로 핀
우아한 아름다움
청초한 푸른 연잎
세상사 시름들일랑
연꽃 위에 살포시

## □ 서평

# 인생을 치유하는 삶의 시 쓰기

**최 봉 희**(시조시인, 평론가, 글벗 편집주간)

내가 아는 시인 중에 매일 매일 한 편 이상의 시를 쓰는 작가가 있다. 그가 쓰는 글의 대부분은 모두 생활에서 느낀 소소한 일상에서부터 농사짓고 나누는 보람까지 느끼고 깨달은 삶의 애정과 감성을 담은 글이다.

사실 내가 살아온 이야기를 속속들이 버젓이 드러내고 글을 쓰는 일은 매우 어려운 일이다. 누군가가 내 세계관을 속속들이 들여다보기도 하고 나의 약점을 찾아 힐난하거나 공격할 수도 있기 때문이다. 그러기에 자신의 삶을 진솔한 글로 표현하는 것은 언제나 두려움이 존재한다.

물론 글을 통해서 내 속에 있는 모든 것을 드러내는 가운데 속 시원한 '카타르시스'라는 해방감도 맛볼 수 있다.

또한 가슴 속과 머릿속에 맴도는 감정과 현상을 글로 표현하지 않으면 그 이야기는 자취를 감춰버리고 말 것이다. 그런 의미에서 글을 쓰는 행위는 나의 생각이고 느낌의 표현이다. 더불어 상상이고 추억인 것이다. 작가들은 글쓰기 활동을 통해서 엄청난 아픔과 혼란을 정리하고 다른 저편의 세계로 건너가곤 한다. 그런 사색과 창작의 행위를 통해서 행복을 추구하는 것이다.

사실 글을 쓰는 법은 책으로 배울 수 있는 것은 아니다. 자신이 쓰고 지은 여러 종류의 글을 읽고 공부하는 것, 그리고 직접 글을 써보는 것이 어쩌면 유일한 시 창작법이기도 하다. 사실 우리는 누구나 인생을 살면서 기쁨과 행복, 낯설고 고통스러운 시간을 경험하게 된다. 어쩌면 우리가 책을 읽는 이유 중의 하나는 다른 사람들이 힘든 시기를 어떻게 극복했는지 어떻게 살아왔는지 살펴보기 위함이 아닐까? 그런 면에서 나는 윤영 송연화 시인을 지극히 존경한다. 계간 글벗에 투고하는 창작 활동과 글벗문학회에서 시행하는 시화전과 노래시 창작 활동에 적극 참여하면서 하루라도 글쓰기를 빼먹은 적이 없다. 하루라도 글을 쓰지 않으면 온몸에 가시가 돋는 것은 혹시나 아닐까? 그는 오늘도 열정으로 자신의 맡은 일을 감당하면서 열심히 시를 쓰고 있다. 아니 내일도 모레도 그는 어김없이 시를 쓰고 또 쓸 것이다.

그렇다면 그의 글쓰기의 비결은 무엇일까? 나는 감히 그의 삶에 내재된 아픔과 힘겨움 때문이 아닐까 생각해 본다.

풀잎에도 상처가 있다.
꽃잎에도 상처가 있다.
너와 함께 걸었던 들길을 걸으면
들길에 앉아 저녁놀을 바라보면
상처 많은 풀잎들이 손을 흔든다.
상처 많은 꽃잎들이 향기롭다
상처 많은 꽃잎들이 가장 향기롭다.
– 정호승의 시 「풀잎에도 상처가 있다」 중에서

사람마다 각자의 삶을 살아가면서 아픈 상처가 없는 사람은 없을 것이다. 그 아픔을 견뎌내고 극복하는 방법은 사람마다 다르다. 분명한 것은 서로가 겪은 상처의 아픔을 이해하고 공감하며 감싸줄 수 있을 때 우리의 삶은 참으로 아름답지 않을까. 들길처럼 척박하고 거친 세상을 살아가는 나와 우리의 이웃들은 풀잎, 꽃잎과 같은 연약한 존재이기 때문이다. 그녀 역시 살아가는데 많은 상처를 받으며 살아가고 있는 것은 아닐까.
그의 시심을 들여다 보자.

바람에 지는 꽃을
애잔한 마음으로
바쁘게 몰아치다
바라보는 아쉬움

소망을 가슴에 담은
정성 다한 사랑법

동그란 사탕 같은
과일들 주렁주렁
기쁨을 안겨주는
신비스런 자연 사랑
바람은 아픔이 아닌
사랑으로 얻는 힘
- 시조「열매」전문

우리들이 받은 상처는 쉽게 아물기도, 빨리 벗어나기도 힘든 법이다. 그러나 작가는 긍정적으로 저녁노을을 바라보고 해바라기를 바라보면서 상처를 스스로 위로하고 치료한다. 어쩌면 시인은 들길에서 받은 그 상처와 아픔을 껴안고 아름다운 글로 승화시켜 살아가는 것이다. 상처를 받은 자만이 이웃들이 받은 상처와 그 아픔을 이해할 수 있기 때문이다.

해바라기 이파리
우산처럼 넓어서
한잎 두잎 따주니
다리가 미끈하네

노란꽃 피워줄 때만
기다리며 비료 주고
눈도장 찍으며
사랑을 듬뿍 주었지
자동차에 치여서 부러지고
뽑히고 잎사귀 뭉개져
얼룩진 상처로 애태웠는데
옮겨 심고 가꾸고
저만치 예쁜 걸음으로
우뚝 서 씩씩함으로
돌아와 반겨주니
이보다 더 좋을 수 있을까
자연의 치유
강인한 생명력
이젠 건강한 꽃을 피워줄
가을의 그날을 기다린다
– 시 「해바라기」 전문

상처를 안고 살아가는 사람이라야 더 큰 사랑을 품을 수 있는 법이다. 그러므로 비바람을 이겨낸 풀잎과 꽃잎이 가장 아름다운 것이고, 상처 많은 꽃잎이 가장 아름다운 것이다. 그 때문에 상처 많은 꽃잎이 가장 아름다운 법이다. 내 마음속 상처와 내 이웃의 상처를 생각하고 서로의 상처를 치유해 주며 살아가는 그런 삶, 송연화 시인이 살아가는 삶의 방법 중에 하나다.

오늘 송 시인에게서 전화가 왔다. 그는 연중 농사를 지으면서 각종 채소와 과일, 그리고 다양한 농작물을 이웃과 함께 나누고  있다. 이번 시집이 출간되면 김치와 함께 자신의 시집을 택배로 배송하겠단다. 얼마나 아름다운 모습인가.

그의 시심이 담긴 시집의 서문을 살펴보자.

내 마음속에 자리 잡은 '사랑의 정원'은 바로 내가 사는 일터이며 내가 글을 쓰는 글벗문학회다. 가족과 함께 하는 일하는 행복, 그리고 여러 글벗들과 함께 글 쓰는 즐거움, 언제까지라도 항상 행복으로 함께 하고 싶다.
글을 배우는 기쁨은 곧 삶을 배우는 행복이다. 시 쓰는 즐거움을 함께 나누면서 사랑의 정원을 가꾸는 일은 참으로 나의 큰 행복이다.
- 시집 『사랑의 정원』 서문에서

글을 쓰는 것은 상처를 치유해 주며 함께 살아가는 세상, 어쩌면 시인이 추구하는 삶이 아닐까. 그런 의미에서 송연화 시인이 사는 삶은 나와 이웃의 상처를 치유하는 시 쓰기에서 시작한다. 그것은 마치 자연에서 그 치유의 방법을 스스로 찾고 있는 듯하다.

진노랑 애기똥풀
들녘에 가득 피어
바람에 하늘하늘
나비가 날고 있는
그 모습
아름다워라
아장아장 아가여

시골에 일하다가
다쳐서 상처 나면
꺾어서 진액 쓱싹
바르고 문지르면
그 자리
덧나지 않고
사라지고 말지요
- 시조「애기똥풀」전문

어쩌면 시인은 시를 쓰는 삶을 통해서 이웃과 더불어 살아가는 지혜를 얻고 아픔을 극복하는 것이다. 바로 시 쓰기 활동을 통해 치유의 삶을 살고 있는 것이다.
그는 강원도 횡성에 고택을 구입, 황토집으로 고치고 수리하여 귀농했다. 그리고 열심히 땀 흘려 농사지은 농작물을 이웃에게는 물론 지인들에게 나눔으로 항상 실천하고 있다. 시인의 아름다운 품성을 엿볼 수 있는 부분이다. 거기에 글 나눔을 통한 삶의 공유는 아름답지 않을 수가 없다.

옛 고택 매입하여
고치고 수리하여
귀농한 보금자리
지금은 정이 들어
제 삶의 공간 되어서
즐기면서 가꾸죠

황톳집 쉼 속에서
텃밭에 농사짓고
먹거리 정 나눔에
마음은 날개 달고
행복꽃 향기 피우네
어화둥둥 내 사랑
- 시조 「보금자리」 전문

우리는 누구나 많은 사연을 갖고 있다. 하지만 많은 사람들이 글을 쓰지 못한다. 우리가 지식이 부족해서 글을 못 쓰는 것은 결코 아니다. 가장 기본적인 글쓰기는 근육의 단련을 필요로 하는 노동에서 시작한다. 그리고 글쓰기는 습관이다.

인생을 글로 표현할 때 멋진 글에 대한 망상은 사실 필요 없다. 멋진 글을 쓰겠다는 욕심에서 벗어날 때 참다운 글이 나오는 법이다. 물론 글을 쓰다가 보면 아름답고 멋진 글을 쓸 수는 있다. 다만 멋진 글을 쓸 수 있는 영감이 떠오를 때까지 기다리겠다는 생각은 버려야 한다. 오로지 매일 아침에, 혹은 매일 점심에, 혹은 매일 저녁에, 자리에 앉을 때마다 글을 쓰는 기회를 가지면 어떨까?

텃밭에 심어놓은
열무와 알타리들
다듬어 깨끗하게
소금에 절임하네
맛있게 김치 담그면
어느 임께 가려나

정성을 기뻐하듯
나눔은 행복해요
고맙게 잘 먹어요
말씀을 전해오면
뿌듯함 풍선 되어서
하늘 높이 날지요
– 시조 〈김치 담그는 날〉 전문

이 시조 작품은 김치를 담그면서 이웃들과 나눔의 행복을 기대하는 진솔한 마음을 담고 있다. 조금도 숨김없이 시인은 기회가 있을 때마다 농사를 짓고 노래방을 운영한다는 사실을 공공연히 작품 속에서 노출한다.

얼마 전 한 문학 강의에서 학생들에게 글 쓰는 일이 왜 힘드냐고 물은 적이 있다. 학생들은 모두 힘들다고 말했다. 그 이유가 뭐냐고 물어보니 내 모습이 드러나고 발각되고 노출되는 것에 두려움 때문이었다. 내면의 삶과 상상력이 검열을 당하는 느낌이란다.

아울러 학생들은 자신감과 자존감이 실종된 경우가 많았다. 특별히 우리는 부정적인 목소리에 너무 민감하다.

"그것도 글이라고 써. 정말 책을 쓸 수 있다고 생각하는 거야. 왜 따분한 인생 이야기를 쓰려고 하는 거야. 누가 당신의 글을 읽으려고 하겠어."

누구나 이런 목소리를 들으면 자신감을 잃게 된다. 그럴 때마다 "글을 써라. 그냥 계속하라, 네 이야기를 글로 써봐. 글 쓰기는 매우 중요하고 의미 있는 일이야."라고 큰 소리로 말하면 어떨까? 그것도 자주자주 자신에게 선언했으면 한다.

다음은 송연화 시인이 쓴 시조작품이다. 이 작품에서 그의 삶을 치유하는 글쓰기의 모습이 분명하게 보인다.

새벽이 다가올수록
눈꺼풀 내려 앉네
주옥같은 글 나눔
글벗의 시인님들
글 쓰는 나만의 시간
이 시간의 여유를

맘껏 누린 하루 시간
또다시 열어가듯
하루를 온전히
나만의 공간에서
즐겁고 행복하여라
글벗으로 영원히
- 시조 「하루」 전문

나와 글 나눔을 하는 글벗문학회 회원 중에 80세를 훌쩍 넘기신 분이 몇 분 계시다. 그분들은 수시로 내게 전화하시거나 묻곤 하신다. 나는 그때마다 어르신들께 꼭 적바림(메모)하라고 말씀드리곤 한다. 단지 5분 만이라도 오늘의 일을 기록하라고 당부한다. 그러다 보면 놀라운 일이 종종 벌어지곤 한다. 자신조차 몰랐던 기억이나 감정, 생각이 참신하게 떠오른다는 것이다. 그럴 때마다 그냥 글을 쓰는 것이다. 생각나는 대로 붓 가는 대로 그냥 제 깜냥으로 글을 쓰는 것이다.

윤영 송연화 시인도 마찬가지다. 아침에 농사를 짓는 논밭에서, 혹은 어둠이 내려앉은 저녁에는 노래방에서 수시로 글을 쓰고 퇴고한다. 그러다 보니 어느덧 시집 10권 분량의 시집을 출간할 수 있는 글이 된 것이다. 지금 아홉 번째 시집이니 몇 개월 있으면 아마도 10번째 시집이 출간되지 않을까 싶다. 그는 지금도 끊임없이 글을 쓰고 글을 다듬고 공부한다. 작가는 매일 매일 훈련하지 말라는 법이 있을까?

아무튼, 지속해서 글을 쓰고 글나눔을 통해 공부하는 그의 모습이 존경스럽다. 아니 대단하고 놀라운 열정이 아닐 수 없다. 내가 그분께 많은 것을 배우고 있다. 두렵지 않게 글을 쓰는 그 모습이 멋지고 아름답다.

이제 나탈리 골드버그의 말로 송연화 시인의 '사랑의 정원'에 치유의 글을 남기려 한다.

"펜을 들고 공격하라. 과거에 내가 누구였는지, 지금은 누구인지, 그리고 무엇을 기억하는지 써 내려가라."

■ **글벗시선 115** 송연화의 아홉 번째 시집

# 사랑의 정원

**인 쇄 일** 2020년 10월 30일
**발 행 일** 2020년 10월 30일
**지 은 이** 송 연 화
**펴 낸 이** 한 주 희
**펴 낸 곳** 도서출판 글벗
**출판등록** 2007. 10. 29(제406-2007-100호)
**주 소** 경기도 파주시 와석순환로 16,(야당동)
롯데캐슬파크타운 905동 1104호
**홈페이지** http://guelbut.co.kr
**E-mail** juhee6305@hanmail.net
**전화번호** 031-957-1461
**팩 스** 031-957-7319
**가 격** 15,000원
**I S B N** 978-89-6533-156-8 04810

* 잘못된 책은 바꿔 드립니다.